歌集

花豆炊けた

小野美紀

砂子屋書房

＊目次

I

III

装本・倉本　修

歌集　花豆炊けた

I

門限やぶり

子が不意に無口になるとき銀河にて惑星ひとつ砕け散るかも

おおかたの星の光は届かない場所に立ちいる郵便ポスト

西向きに窓ある部屋に子はおらず小沼のような子の机あり

細き身に白い鎖骨を持っていて少女というは別物なりき

片膝に本を支えて読みふける子の髪きっと薄荷のにおい

誰にでもやさしい子だと言われしがびゅんびゅいんと二重飛びする

鴉ほどの度胸はないが一人でも立てる気がする二月の空は

いくつもの角ある「角消し」筆箱にきっちりおさまり文句もいわず

傘立てに誰もつかわぬ傘ありて玄関いたく寒き家なり

約束の時間に遅れし子の声の低く聞こえるインターフォンより

三度目の門限やぶりジャケットの右袖だけが裏返りいる

右の眼を抑えて眠る少女ゆえ単色ばかりの夢を見るらし

それぞれの個室つなげるためにある廊下はいつもはらりと暗く

叙事詩のごとく

「君が代」の意味しらぬまま「君が代」を子共はうたう「君ってだれさ」

ここは今立っていい場所葉桜の散りゆく速度を倍速にして

百年がたったらきっと登りたい幼木のある校庭をゆく

自転車を後ろで支える手のように信じてしまっていいのか地球

切り捨てるべきもの詰める茶の箱の宛先はまだ決めていないが

目覚めきて吾にはふれずおみな子は鳩のごとくに椅子に丸まる

三トンのトラックにいっぱい詰められし家族の歴史は西に運ばれ

見送られる友多きことこの子には幸せだった八年と知る

子の別れ道路一本に隔たれてさよならさよなら声の響けり

おそらくはもう来ることのなき街をひとつ増やして春は過ぎゆく

足裏に桜のにおいを染みつけてはぐれ犬ゆく叙事詩のごとく

水すこし

「この先は海」とかかれたドラム缶車道に錆をうかせ置かれる

あの辺で大きく曲がる川筋のあの辺よりは先に進めず

出来たての豆腐をスッと掬う手で吾子の心に触れねばならぬ

子の意志の一つとなりて発芽するおでこのニキビの銅《あかがね》の色

コンパスの円をいくつも重ねいるノートの上を雲の影ゆく

掃除機をすべらす床に落ちていず昨夜のけんかをあやまる言葉

抗菌の歯ブラシの上に押し出され白とはかすかに抗う力

アルコール消毒済みのまな板にセンチ単位の夜がきている

水すこし分け合うためにベランダの花はこっそり歩きいるらし

ちっぽけな傷痕だから滅菌済みガーゼのＳで覆えるだろう

方代の歌碑をつつみて騒がしき夏の薄やみ　ささらほうさら

ガラスの翼

殺人的暑さいいえ殺人の暑さ　地球は母でなくなる

人工の音のなくなる真昼間の炎天みみずはとうに悔いてる

世のすべて燃やしてしまう夕焼けをまっているのか橋梁のからす

いかように空を飛ぶのか窓ちかくガラスの翼の天馬は立てり

人の影を乗せてゆっくり揺れているブランコよそう生身はいらぬ

夏すこし欠けているような笑顔見せペパーミントグリーンの少女

水たまりのように脱ぎ捨てられているスカート　主の午睡の深し

留守電の無音の明滅命とはかくも静かに減ってゆくもの

椋鳥の漆のような眼にうつる吾は何かの記号かもしれず

ただそこに在るだけという強さもつくちなし白く花を揺らせり

決断の一歩手前に横たわるファスナーをズィーとひらきゆくなり

ゆく夏を留めてデジカメ微笑まぬ少女のような貝を写せり

体感温度

体感温度を三度下げゆく風はくる鈴鹿おろしと名乗りはせぬが

川の面に半分突き出る自転車の車輪にやさし川の流れは

野の鳩を追いかけている嘴太の句読点のごとき足取り

冬の陽は桜の枝の一本にほつりほつりと留まりている

転ぶこと是とせぬ心　雨傘のホネの一本折れても捨てぬ

鳥に耳の無きこと空は冷たくて耳を覆える手のなき鳥よ

冬の朝は無味無臭なりひいやりと蛇口の下にカップは置かれ

マカロニを茹でる時間にぴったりとメールを打ち終え少女は笑う

昨日までの一週間のウツウツを紐に束ねて玄関におく

片側の窓だけ日よけの下ろされて春のうららの電車はゆけり

未読歌集の五冊を積んで置くほどのストレスがくる新学期なり

くるものはなく

何物も空から降って来ることはないって顔してにわとり歩く

空色の布団挟みに挟まれて飛んでいけない羽毛のふとん

今誰とつながっている幾たびもおおらかにくる飛行船あり

カラカラと氷を回すカラカラと睡魔の他にくるものもなく

シャッターを打ち続ける雨軒下の蜘蛛の織りなすひたすらも打つ

ただ今は時間の凪につつまれているほかはなくトンネル過ぎる

変わりゆく山のかたちよ車窓より次はやさしく次は厳しく

雑草でも花が咲いたら抜きがたくなってしまうと吾とその母

腰までを川面に沈め竿を打つ父の匂いは鮎に近づく

ピピピピピ雨ふってます本日は耳に優しきハングルを知る

エルニーニョ、ラニーニャ共に遊んでる信長公の世界図屏風

身体よりはがれ落ちゆくものなべて透明であるきっと少女は

一息を継ぐ

沖縄の戦い写すフィルムを子は見て帰る雨にうたれて

沖縄戦平和学習戦争をしらぬ吾へとレジメ渡され

赤色の下線引かれしテキストの「捨て石」「炎と泥の戦い」

「本当にいやな出来事」子は太くはっきりとした文字で記せり

憲法も人が作りしものなれば壊されてゆく　雨降り続く

「女の子生んでよかった戦争に行かなくって済むんですもの」

一息を継ぐ蟬の声忘れるな忘れるなとて空に響かす

じわじわと雨の匂いのにじみでる曇天戦《いくさ》は遠くて近い

正座とはつつましきかなこんもりと福助人形ガラスに置かれ

アクセスは失敗　ぼんやり座りいる午前零時のわたくしの顔

留守電にファックス送るモノクロの声よひっそりあなたに届け

ふろしきのごとく電波におおわれし日本列島小ぬか雨なり

靴おきざり

入口は不透明なるブラインド子の自我そこにつるされていて

雨の密度こくなる夕べグァテマラコーヒーの酸香りゆくなり

ベランダに凝まる闇のごとくいる鴉よ世界の中心はここ

むんむんと盛り上がりゆく黄の小花きりん草なる世界のひとつ

空色のジャージの裾をまくりあげ渡れそうなり雲の置き石

透明なアラビア糊に指よごし封じ込めたきいくつかのこと

ブラインド越しに落ちくる冬の陽のこっとんこっとんやさしい呪縛

膝すれしジーンズを打つ風荒く素数のような冬が行くなり

木をすべる雨戸は時に突っかかり突っかかり入る細き暗闇

あの子はどこへ行ったのだろうリビングに学校指定の鞄おきざり

八二円分の言葉を詰め込んだ緑の封筒軽やかに落つ

踵へと跳ねくる雨の感触に似ている噂話のひとつ

忘れかけた本を開くと匂いたつ過去形あるいは過去進行形

はやばやとちぎれはじめる翼竜のごとき雲あり空は自由で

たったひとつの

末っ子で長子でありし子の瞼ふくらみくれば春の訪れ

渡りゆく鳥の道には迂回路があるのだろうと子は告げてくる

うす闇が平凡な街を包みくる頃に静かに帰り着く娘よ

川土手を歩けば前を横切りし黒ネコのあり黒の弾丸

午前七時から午後八時までは営業す『桃太郎ラーメン』と吾の母性と

おしなべて俯く椿うなずくはたったひとつの意志でありたり

日常も旅のひとつで朝顔の種をこぼせり街角花壇

綿毛を飛ばす力たりなき風ばかり野原一面白きかげろう

雨の日の空気の重さに耐えかねてガーベラ深く首をまげたり

吾に向き吾を映さぬ鏡なりつばめの低き飛翔を映す

荷台には船乗せている軽トラが潮の香ポスポスこぼして走る

机の下に落ちている輪ゴムはメビウスの形のままに夜をむかえる

風葬

桃色のタンクトップが娘の胸をふんわり包む若きさみしさ

時折は立ちつくしたき木のありて蟬は閑かに鳴きいると思う

冷えきりし水飲み干せば内臓のひとつがくるりと反転をせり

怒りつつソーメンゆでいる大鍋を見つめるばかり昼の朔月

車道でも歩道でもない一本の決まりきってはいないない道ゆく

かさかさと心の隅がかさかさと鳴っているから人恋しくて

天井を回る翼よまたわれも飛べぬ翼を持つものである

手に持つには厚くあらざる物語紡ぎはじめる少女の夏は

二次方程式

甘水を抱きし梨の実届けられ何も孕まぬ秋の来ている

風葬という習いあり鳥になる願いのかなう時としてあり

裏側を見せないままに大いなる円となりゆく月はおそろし

真昼間の猫のようなり部活終え帰り着きたる娘の肢体

桜葉の紅葉は土手を輝かせ嘘のひとつを明らかにせり

秋には秋の色をもちたる臓器たち今頃黄色くなりゆく脾臓

関数も二次方程式も解き終えて風の遙かな天空をゆく

西向きの窓におおきな公孫樹あり秋のいったりきたりを知らす

散るべきを自ずから知る葉であれどなかなか落ちぬ二枚目である

冬を耕す

まどろみの時間を分かつ吾と猫窓いっぱいの青空の果て

伐られたる枝にて片羽根広げいる鴉はふかき冬の存在

散るべきを自ずから知る葉であれどなかなか落ちぬ二枚目である

冬を耕す

まどろみの時間を分かつ吾と猫窓いっぱいの青空の果て

伐られたる枝にて片羽根広げいる鴉はふかき冬の存在

砂子屋書房 刊行書籍一覧（歌集・歌書）

平成30年1月現在

＊御入用の書籍がございましたら、直接弊社あてにお申し込みください。
代金後払い、送料当社負担にて発送いたします。

	著者名	書名	本体
1	阿木津　英	**『阿木津　英 歌集』** 現代短歌文庫5	1,500
2	阿木津　英 歌集	**『黄　鳥』**	3,000
3	秋山佐和子	**『秋山佐和子歌集』** 現代短歌文庫49	1,500
4	雨宮雅子	**『雨宮雅子歌集』** 現代短歌文庫12	1,600
5	有沢　螢 歌集	**『ありすの杜へ』**	3,000
6	有沢　螢	**『有沢　螢 歌集』** 現代短歌文庫123	1,800
7	池田はるみ	**『池田はるみ歌集』** 現代短歌文庫115	1,800
8	池本一郎	**『池本一郎歌集』** 現代短歌文庫83	1,800
9	池本一郎歌集	**『萱鳴り』**	3,000
10	石田比呂志	**『続 石田比呂志歌集』** 現代短歌文庫71	2,000
11	石田比呂志歌集	**『邯鄲線』**	3,000
12	伊藤一彦	**『伊藤一彦歌集』** 現代短歌文庫6	1,500
13	伊藤一彦	**『続 伊藤一彦歌集』** 現代短歌文庫36	2,000
14	今井恵子	**『今井恵子歌集』** 現代短歌文庫67	1,800
15	上村典子	**『上村典子歌集』** 現代短歌文庫98	1,700
16	魚村晋太郎歌集	**『花　柄』**	3,000

	著者名	書名	本体
41	春日井　建 歌集	**『井　泉』**	3,000
42	春日井　建	**『春日井　建 歌集』** 現代短歌文庫55	1,600
43	加藤治郎	**『加藤治郎歌集』** 現代短歌文庫52	1,600
44	加藤治郎歌集	**『しんきろう』**	3,000
45	雁部貞夫	**『雁部貞夫歌集』** 現代短歌文庫108	2,000
46	雁部貞夫歌集	**『山雨海風』**	3,000
47	河野裕子	**『河野裕子歌集』** 現代短歌文庫10	1,700
48	河野裕子	**『続 河野裕子歌集』** 現代短歌文庫70	1,700
49	河野裕子	**『続々 河野裕子歌集』** 現代短歌文庫113	1,500
50	来嶋靖生	**『来嶋靖生歌集』** 現代短歌文庫41	1,800
51	紀野　恵 歌集	**『午後の音楽』**	3,000
52	木村雅子	**『木村雅子歌集』** 現代短歌文庫111	1,800
53	久我田鶴子	**『久我田鶴子歌集』** 現代短歌文庫64	1,500
54	久我田鶴子歌集	**『菜種梅雨』** ＊日本歌人クラブ賞	3,000
55	久々湊盈子歌集	**『あらばしり』** ＊河野愛子賞	3,000
56	久々湊盈子	**『久々湊盈子歌集』** 現代短歌文庫26	1,500
57	久々湊盈子	**『続 久々湊盈子歌集』** 現代短歌文庫87	1,700
58	久々湊盈子歌集	**『風羅集』**	3,000
59	久々湊盈子歌集	**『世界黄昏』**	3,000
60	久々湊盈子 著	**『歌の架橋　インタビュー集』**	3,500
61	久々湊盈子 著	**『歌の架橋 II』**	3,000

	著者名	書名	本体
86	坂井修一	**『坂井修一歌集』** 現代短歌文庫59	1,500
87	坂井修一	**『続 坂井修一歌集』** 現代短歌文庫130	2,000
88	桜川冴子	**『桜川冴子歌集』** 現代短歌文庫125	1,800
89	佐佐木幸綱	**『佐佐木幸綱歌集』** 現代短歌文庫100	1,600
90	佐佐木幸綱歌集	**『ほろほろとろとろ』**	3,000
91	佐竹弥生	**『佐竹弥生歌集』** 現代短歌文庫21	1,456
92	佐藤通雅歌集	**『強　霜（こはじも）』** ＊詩歌文学館賞	3,000
93	志垣澄幸	**『志垣澄幸歌集』** 現代短歌文庫72	2,000
94	篠　弘	**『篠　弘 全歌集』** ＊毎日芸術賞	7,000
95	篠　弘 歌集	**『日日炎炎』**	3,000
96	柴田典昭	**『柴田典昭歌集』** 現代短歌文庫126	1,800
97	柴田典昭歌集	**『猪鼻坂』**	3,000
98	島田修三	**『島田修三歌集』** 現代短歌文庫30	1,500
99	島田修三歌集	**『帰去来の声』**	3,000
100	島田幸典歌集	**『駅　程』** ＊寺山修司短歌賞・日本歌人クラブ賞	3,000
101	角倉羊子	**『角倉羊子歌集』** 現代短歌文庫128	1,800
102	高野公彦	**『高野公彦歌集』** 現代短歌文庫3	1,500
103	高野公彦歌集	**『河骨川』** ＊毎日芸術賞	3,000
104	田中　槐 歌集	**『サンボリ酢ム』**	2,500
105	玉井清弘	**『玉井清弘歌集』** 現代短歌文庫19	1,456
106	築地正子	**『築地正子全歌集』**	7,000

	著者名	書名	本体
131	馬場あき子歌集	『渾沌の鬱』	3,000
132	浜名理香歌集	『流　流』＊熊日文学賞	2,800
133	日高堯子	『日高堯子歌集』現代短歌文庫33	1,500
134	日高堯子歌集	『振りむく人』	3,000
135	福島泰樹歌集	『焼跡ノ歌』	3,000
136	福島泰樹歌集	『空襲ノ歌』	3,000
137	藤原龍一郎	『藤原龍一郎歌集』現代短歌文庫27	1,500
138	藤原龍一郎	『続 藤原龍一郎歌集』現代短歌文庫104	1,700
139	古谷智子	『古谷智子歌集』現代短歌文庫73	1,800
140	前　登志夫歌集	『流　轉』＊現代短歌大賞	3,000
141	前川佐重郎	『前川佐重郎歌集』現代短歌文庫129	1,800
142	前川佐美雄	『前川佐美雄全集』全三巻	各12,000
143	前田康子歌集	『黄あやめの頃』	3,000
144	蒔田さくら子歌集	『標のゆりの樹』＊現代短歌大賞	2,800
145	松平修文	『松平修文歌集』現代短歌文庫95	1,600
146	松平盟子	『松平盟子歌集』現代短歌文庫47	2,000
147	松平盟子歌集	『天の砂』	3,000
148	水原紫苑歌集	『光儀（すがた）』	3,000
149	道浦母都子	『道浦母都子歌集』現代短歌文庫24	1,500
150	道浦母都子歌集	『はやぶさ』	3,000
151	三井　修 著	『うたの揚力』	2,500

バックスキンブーツの足の上げ下げは冬を耕すように進みぬ

折り鶴を折れない娘が呼び出した受験生という鋭きカード

桜木の影に切られてゆく身体個と個は常に繋がれていず

南向きの窓より光の溢れ出すそんな生き方だったらいいが

春かすむ空には平たき太陽がゆるめゆくなり土手の桜芽

色彩の筆をおろしてゆく春の細き流れを見下ろしている

春近きティッシュの箱は部屋内を三角測量のように回れり

匂いから濡れはじめたる沈丁花長雨前線上空にあり

ひとひらずつ光を乗せて飛び立てる花びらのゆく空の境目

何ものにも染まらぬ色にて風にゆれる花がわたしを誘いいるなり

澱みには命の多く生れしことあおもりがえるのふわふわ卵

薄切りの林檎を食みし母の歯の音の意外と確かでありぬ

父の病室母の病室二十歩の距離にて異なる匂いするなり

身体少し斜めに傾《かし》いでいるような一日が今夕陽に染まる

空の大縄

いっせいに飛び上がりたる生徒らを縄は括りて秋の高空

大縄の回りゆくたび掛け声はひとつとなりて撓みゆくなり

六組の四十人が跳ねあがり夏の残骸まきあげてゆく

素直にはならない心が駆け出せる日照りはげしき校庭である

一瞬に空人となり少年の上体すんなりバーを越えゆく

クラス旗の東になびけば緋のバトン第二走者に渡されてゆく

クラス棟の影の伸びきてフィニッシュは右足と決め少女駆け抜く

秋桜の種をまきます埋められた庭にやさしい秋がくるよう

酢のめしが柔らかすぎるいなり寿司たべてさあてと光りを掃きぬ

この枝のカラスは鳴かずただ空をするどきくちばしひらき啞える

月のごとく怒りし背中を子は見せて自転車冬にこぎだしてゆく

ちぎられし羽根のようなる雪片がゆうべ原子炉の塔をうめゆく

II

春を乗せる

折りたたみ傘の置き場は見当たらず自分で立てないものはかなしい

散ることが決まっていると思えない花の力のあふれいる街

明るさは息できぬほどに極まりて桜の道に寺を廻りく

花満たす桜樹に熱を奪われし石のベンチはとても冷たい

横道を選べばそこは行き止まり住むもののなき犬小屋のある

騒と静の隣りあわせの京の街今は静の立ち位置にいて

新しきメールアドレス打ち終えて通信文に春を乗せゆく

色を持つ前の紫陽花いちように若き匂いをまといいるなり

切っ先を天に向けいし花しょうぶ反逆心を忘れてならぬ

人の背にインデックスが付けられて背鰭のごとくそよぐ夢みる

プロフェッショナルな万年筆で描き続く思いのいくつか短歌となりぬ

白桃の皮を剝きおえ冷房を消して熱夜と同化してゆく

朝顔を打ちのめしているビルの風見えぬ力に街はおびえて

真夜すぎてさらに震える街の息エンジン音は重なりてゆく

ひさびさのやわらかき雨張りつめし肺胞なればうるおいてゆく

フロイト入門

丸みもつ白磁のコーヒーポットある卓上に置くフロイト入門

めくり跡のあまた付きたる表紙なり「精神分析学入門Ⅰ」

割り落とす玉子に夜のにおいあり子の泣き顔をしばらく見ない

風音はあまたの嘘を運び去り今宵もわれを眠りに落とす

手旗信号みたいな紅葉の残りたる十二月の空大樹いるそら

車窓より眺める景は鈍行がいいなと思う　雲に追いつく

門外に立っている父の姿あり我待つ時を何と告げよう

さりげなく言えただろうか「ただいま」とさざんか深き緑のもとで

寒強き家に老いゆく父母の健康サンダル鮮やかにあり

「家内《かない》」という呼称つけられ母の背に格子の影の色濃く映る

賢母なる最後の世代と母は言い小さな金の指輪をはずす

吾に無き指輪の跡ある指にぬる資生堂のハンドクリーム

会話無き十分のうちに寝入りたる父に仄かに煙草のにおう

べったら漬け

折り角は常にずれてる新聞の一面にのる政局不安

メモ書きがどんどん溜まりゆく鞄母のひざ上いつもの場所に

台本のような一日を過ごしきて娘は長きジッパーおろす

繰り返し暗転をする空でした二月ついたち子の誕生日

暗がりに置かれたままの旅箪笥あっけないほど時を越えゆく

人の手で変わりゆく季《とき》伊勢丹のウィンドウごしに桜の咲けり

歯に甘きべったら漬けの大根の機嫌良き音ひびく食卓

手に痛き水にて牡蠣をほろほろと洗う静かな祝日であり

ゆたかなる海をその身に包み込む牡蠣をさくりと母の口元

夜の風は夢のひと幕まきあげて子はまれまれに寝返りをうつ

ゆっくりと老いゆくように錆びてゆく放置自転車並びいるなり

本棚にシェークスピアの薄き幅あいたら午後から晴れという予想

坪内逍遥訳にて読みしハムレット「かぴばらさん」の栞はさまれ

英文と比べよみゆく児の耳のうすき暗闇つやめきており

子のベルトの穴詰めるために切っ先の鋭き錐は居間に出てくる

救急の音がたくさん響きくる都市にすみつき飛べないつばめ

人おれど人声の無き車内にて春のひかりは羽根をのばせり

小さな神託

お歳暮のビールのごとき優秀さ示して君を黙らせる嘘

大盛りのスパゲッティをもてあまし父は無言に食べているなり

屋上の水たまりには水紋の見えねどゆっくり雨はふるらし

塩水に沈めし浅利の吐き出せるボコッは小さな神託であり

ふんわりと和紙のようなる空のあり梅雨という美しき季《とき》になりたり

大阪の時間に慣れてかたつむり色の鞄を肩にかけゆく

卓上に誰のものかはわからぬがイヤホン置かれとぐろ巻きいる

紫陽花の織り込まれいる手ぬぐいを首に巻きつけ太宰を読めり

ブロッコリーの緑きりなく詰め込みしわれはいつでもかえりつく先

ほころびを安全ピンでとめている世界地図柄バンダナを干す

ハングルの教科書にある虹の色少し異なり見直してみる

濃い影を車道につくるためにある楠木ちいさな黄花をつけて
オーボエの音色は体に染み込みて煙草くゆらす父に似ている

方丈さん

蟬しぐれピタリと止まる一瞬に人は死にゆくものかと思う

方丈さんの打ち鳴らしいる鉦の音冷気は鋭く指の先まで

熱気とは無縁の夏の一日を縁者集いて南無阿弥陀仏

我が母の手をいつまでもにぎりいし伯母はようやく眠りに落ちぬ

集いては又離れゆく血のきずな従兄は伏し目がちに立ちおり

微睡みをゆるさぬ雷のひびきありそんなに罪を犯したろうか

半分は嘘だと知りつつ入りくる拡声器の声流せずにいる

西窓に反射している夕つ陽と何かわからぬ候補者のこえ

ぐわんぐわん聞き取れないまま候補者の名前は空に上りゆくなり

千円の本にはプラスの税が付き本棚にはもう収まりきらず

汗ばみし手首に重き時計なり足早に行く梅田地下街

倉庫にはきっとあるはず書きごこち良き青色の万年筆が

なにがどうなっているのかわからぬが今宵はいやに騒がしき街

片方の声だけ窓に届ききてへんちくりんな会話のかけら

イタリアンサスペンス

物忘れひどくなったと母が言い父は耳が遠くなったと

父の場所母の場所と居間にあり五十年は変わらずにある

かつて父の匂いでありし煙草の香病みしその身を離れて久し

広辞苑の「やみよ」の段から取りだした闇で今宵の消灯とする

喪の服の重さに耐えしハンガーはたわみてここに残されており

かばんからボジョレ・ヌーボー華やかなラベルの鳥が旋回をする

うっすらと骨に入りし黒き影「骨折ですね」と医師に告げられ

左腕ぶつからぬよう地下街の左のはしを歩くあらたま

老い人がいつでも多い病院の待合ロビーの国会中継

眠たげな眼《まなこ》ばかりがそそがれてなんとか大臣水玉ネクタイ

会計に名前を三度よばれたり田中のじいさんゆっそりと立つ

赤色の半纏床に突っ伏して成人の日の何事かある

式典ははなからいかぬと決めおきし子はラテン語のテキスト開く

ならえ右って最近聞いたか朝礼台持ち上げ運ぶは体育教師で

かつて母が信じていたる者たちがあっちもこっちもほころびてくる
部屋内にぬくき空気を溜め込んで娘はイタリアンサスペンスを読む

越乃寒梅

なにもかも仕舞ってしまう母親のタンスの奥にへその緒はあり

抽斗にごっそりたまったメモ書きをかきわけかきわけ春をさがせり

まったりと手指を濡らす春の水あさりの一夜の眠りを覚ます

歩道まで漕ぎきてふいに立ち止まる自転車のような弥生と卯月

ぼんぼりの桃の花びらうすあかり心根よろしき春の夕闇

春のつぶ載せて降りくる午後の雨やさしいうその欲しくなりたり

肩に降るつもりなけれど落ちきたる花びら君は見て見ぬふりをする

開花日を待てど満開は先がよし一本桜を廻る老い人

一升の越乃寒梅もくもくと飲んでそれではごめんなすって

書置きの定位置となるテーブルの片すみ今日は「ケイタイ」があり

区切りなどない日常にあげひばりと同じ風《おんな》を吾も受けいて

素の顔にもどりし桜木のびやかにうすき緑を風に鳴らせる

開放禁止

モンローのうしろすがたを見たような雨なき街の梅雨入り宣言

一晩を開きしままのカーテンにいくつも朝の影が降り立つ

くつ底が剥がれたような感覚で日本列島夏をむかえる

沖縄戦おわった日にも　日本は日本はいったいどこへいくんだ

花みょうが千切りにしてだすたびにもの忘れすると母のいうなり

ああここに三宝柑はあったんだそうまるで私のように閉じこもって

このドアは開放禁止　重き音をさせてぴったり閉まり行く夫

段差もつ水の薄きを手に受けて下賀茂神社の杜の真夏日

水苔が爪にからまり残りいるままに幼子加茂瓜を食む

もうすでに止められている公園の噴水ぼうふら張り付けている

鳥居へと石投げ上げし少女期の遠ざかりゆき酒折の宮

水なすはむっちりむっちり手のひらに紺の冷たさ伝えくるなり

リモコンのスイッチのように切り替わる天気であった八月のゆく

マークⅡ

手放すと何度も何度も繰り返す父の愛車と盆の送り火

ハンドルに武田神社のお守りのつりさげられてこのままでゆく

ボタニカル柄の布地で隠された窓から夏は飛び出してくる

ただ単に眠たいだけだと言いながら死にゆく夢を昨夜も見たり

陽だまりに置かれしポトスつらつらと夢見るような陽炎のたつ

父母の黒き電話を呼び出して花豆炊けたと告げたことあり

ぱっつんとなにかが切れた　リリカルな月をみあげて叫ぶ若者

純潔を守れだなんて古すぎるシュプレヒコールは秋空の果て

トンネルを抜けると山は少しづつ色褪せていて優しさの増す

銀テープなびきいる田のふくふくと微睡むばかりの一人旅ゆく

踏み込めぬ領域となる落ちつくすいろはもみじに道はうもれて

ピンク電話はロビーの角にあったはず埋《うず》めきれない空間として

庭角の柿の幼木いまだ実を付けずこうして忘れさられし

仕舞われぬ脚立は秋の蜘蛛たちの寄り合い所となり雨に打たれる

秋晴れが恐ろしくなる齢あり座布団三枚並べて干せり

常備薬

春と秋ともに燃え立つ桜木は疲れはせぬか砂利をけりゆく

レンコンの見通しにくき穴ばかりこちらに向けられ売られいるなり

「靴がなる」最初の一節くりかえし口ずさみつつ戦場をゆく

冬の夜に乾ききれないタオルありいつでもこんな風な生き方

不協和音のごとき寝ぐせの君がいる休日あかるい窓に近づく

常備薬のようにあめ玉がポケットに入っているのは冬のコートで

そこに座っていたのは父か半纏が両袖ひろげて座椅子にすわる

初雪や冷たく細き子の指の一本だけを手の平に抱く

十本の指を重ねて祈りたるマリアのごとき細き首なり

指先の触れても揺れぬ水面の静けさをもち生きてゆきたし

婚姻の指輪は嵌めず二十年以上の夫と背中合わせに

お互いに肩少しだけもたれさせ東野圭吾を読んでいるなり

修正のできない性格だってこと鵯だって知っているなり

ビル内の灯りが外に漏れはじむ夕暮れ時がすきなひとです

III

加賀より

椿とは地に咲く花でほの暗く雌しべ雄しべを震わせている

梅咲きて母より電話桜花咲きて父より電話きたれり

春わかめ小笊のふちをはみだしてさみどりの水したたらせいる

ふたたびを雨の降りくる西本願寺太き柱に肩を寄せいる

桜打つ雨を見たきや老いてゆく父と重なる樹齢のさくら

つまずくを避けておりゆくスロープの義宝珠あらたな影を生み出す

細路地の奥にひらけるガラスには桜うつせる鴨川のあり

まっさらなA4用紙に描かれる子のやるき度のうすき黒線

整えてしまわぬほうが良いような春です　ニキビは赤み増したり

朱華色のうつろいやすき娘の夢よ手帖に新たな予定を記す

夏までの息継ぎのように加賀よりの水ようかんを切り分けている

印伝の黒きとんぼはなめらかで点字のごとき指ざわりなり

就活かばん

「わたくしの人生ノート」の書き込みをすこしためらう母のペン先

「しゅうかつ」と音では解らぬ活動を母と娘がしている春の

回転の速度の遅きレコードのような曇天つづきいるなり

傘を差し並び歩ける母と子のあわい悲しく花降りやまず

行く先を照らすは細き光のみ就活かばんを足首に乗す

駅ごとに湿った思いを吐き出して御堂筋線北上をする

荒塩を太きオクラに擦りこみてエチオピアの香をたたせいるなり

回転式自動扉のリズムには合わせられない素のままのわれ

多数決ばかりがシンジツだと言われ薄目をあけてみることとなり

いつまでも決めきれないとすんなりと決めてしまうとどちらがどちらか

軍服の伯父の写真が挟まってる植物図鑑の夏のページに

砂漠にて見上げる夜のそらの色を映してピオーネ箱に納まる

ひまわり

明日には国会議事堂とりまくと言う友のいてみずたまり飛ぶ

遠のきてゆくは獣の声なのか緑の多き議事堂の前

参加人員主催者発表十二万警察発表三万の九万人はまぼろしなのか

女らのレッドアクション赤い花付けて一歩を踏み出してみる

賛成の人の意見も聞きたいと子の言うスマホはその為にある

終戦の日の翌日の青空をしるす手記なり母の記憶の

疎開した町にそのまま住み居りし母には肥後が「ふるさと」となり

「米粒をもっと入れて」と言いし朝の幼き無知を今も悔やみいる

蒸かし芋好みし母と嫌う父七十年を超えて今なお

ひまわりの背高きことと上履きをぬすまれしことの記憶は対で

八月の母は饒舌　亡くなりし友の名前もポンポンと出る

飾り銀細工

君のここを押さえてみたらほどけると月はいったか言わなかったか

木漏れ日を渡り歩いてサンダルの足にそわそわ夏草が寄る

闊達な声ひびかせし郭公の姿を日傘の先で追いたり

まぶしさはすぐ過ぎ去ってしまうなり向日葵うすく影寄せて立つ

月球の物知り顔のあかるさが怖くてカーテンぴっちり閉める

靴底をどこかに落としてきたような夏の終わりのあとさきの夢

抽斗の取っ手の飾り銀細工しまいしものを冷しゆくなり

決断は先のばしせり耳遠き父には聞こえぬ雨がふりいる

本棚に差し込まれたままわすれてた「九条を守れ」の団扇を抜きぬ

身廻りを片付け終わりし人の声きんもくせいをはらはら落す

失ったつばさの基のようなコリありて日日動かせと言う

ピエロの口

どこまでも澄みきっていると信じたくなる秋天がこの国にある

目薬を二滴たらして立ちあがるまぶしいくらいの黄葉の落下

坂道はナンキンハゼに燃えたちて空がここまでおちてくるよう

水桶に青菜沈めし夕餉どき路地にあらかた声のあつまる

濃闇にピエロの口のような月出でてひたりとペンの置かるる

素のままの吾がむっくりむっくりと起き出してくる新月のよる

ぼんやりと雨を見ている銅像と青き柿の実ともに濡れいて

届かぬと知っているから手紙には宛先のなく本に挟めり

ほどけなくなったらおいで英訳の憲法九条を暗記する子よ

子に一語一語の意味を確かめてノートに文字を写しいるなり

言の葉をひと粒ひと粒こぼしゆくたびに痛みしくちびるかなし

あらあらと手に押しつぶす塩塊は地中海のひかりにて成る

ぱらりん

さらさらと夢の落葉を掃き寄せてたき火している母の肖像

さっくりと半割りにした白菜と君がしずかな咳をする夜

ぱらりんと音たつようにほどけゆく白木蓮の春のみちびき

「ありえへんありえへん」と言いながら階段下るむらさきの人

思考までが大阪弁になっているあなたと林檎を分け合いていている

足幅に合わない敷石ゆくごとき国会中継五時に閉会

今ここでそれを言うかと突っ込んでみたくなりたり国会中継

さえずりのやさしい朝にいくつもの死を伝え来る世界のかたち

つぼみもつ薔薇の静かなゆうぐれを守ると決めて庭に立ち居り

今はまだクリアファイルに挟みこむ年金給付開始日通知

階段を小枝のような女生徒のアキレス腱がのぼりゆきたり

好きだとか嫌いだとかははっきりといったらいいんだ冬の天辺

諦めきれない

言葉だけが君とつながるのではないひらひらと舞う右手左手

春の窓すばやく意志を伝え来る君の手いやに大きく見える

吾の名を手話にて伝えくれている指先にあるさくら貝いろ

複雑な軌跡をえがく両の手に強い意志あり胸をぬけゆく

色褪せてゆくほかはなきカーネーション諦めきれない夢を持つ子よ

丸文字を卒業してより子の文字を見たことないと気付く春なり

癖のある青インクの文字が出てきたり師という顔を向けてしなやか

われの内に言葉あふれる箱ひとつまだあなたにはみせないけれど

花ゆらす風にもならぬうぐいすの羽ばたくさきの空のふくらみ

真夜中に泣くもののためにカーテンを半分ほどは開けておきます

夜の光とどかぬ場所で眠りつく卵を抱くような眠りを

夜を経て朝に紛れゆく外灯のように生きたしこの後はなお

大カラス無音の影をベランダに立たして何の前触れとなる

まだ見ぬはほたるの乱舞身の内のしずまるほどのほたるの乱舞

ドアノブ

ゆっくりと時を流している夏を壊して娘の就職決まる

昼近くほどよく冷えた木の床に寝転ぶ娘の淡き体臭

くま蟬の声の途絶えし炎昼をのっそりうっそり黒き日傘は

右側にかしぐ頭にくる目眩ああ月は満ちくるわれの中にも

完全に閉じられなくてそのままの引き戸がありぬ真夏日四日

梨の実のほのかな甘みを滑らせる朝からかゆい喉の奥へと

同窓会通知挟んであったはず黒の髪止め見失いけり

ドアノブのない戸のような昨晩の夫が家を出てゆく音す

からっぽのコーヒー缶が乗っている伝言一行「いってきます」

雑音は降っても降っても積もらずにたゆたうばかり梅田地下街

秋雲のようなチュールの付いているスカートを買う八月終い日

風鈴は待ちの形で行き戻るわれに素直な音をたてたり

就活を終えし子カツリと一歩ほど前をいきます秋のはじまり

墓石に刻めぬ生き方ただ寄りてやさしく触れるすすき穂のある

墓をただ見守るために置いてある白き椅子あり誰そ彼れとなり

代々の墓守り山に降る雨にみどりは気力を満たしゆくなり

跋

道浦母都子

小野さんと初めてお会いしたのは、甲府郊外にある泉郷という別荘地だった。『未来』から独立し、甲府を中心に『みぎわ』という短歌誌を発行していた上野久雄さん。彼に招かれ「みぎわ」の大会に参加するべく、前夜から泊まり込んでいた。甲府はよく知られたワインの産地。当時の私は、ビールのようにワインを飲むといわれるほどの酒豪だった。前夜飲んだワインがまわり、朝となってもくだくだしていた私に、「道浦さん、そろそろ出番ですよ」と呼びに来てくれた女性、まだ二十代前半ぐらいの女性が小野さんだったのである。

その後、小野さんと私は、ふたたび大阪、東京、大阪（いずれもカルチャーや私の主宰する歌会）で出会うことになる。もちろん、絆は短歌である。

彼女の歌歴は長い。すでに合同歌集ではあるが歌集もある。

まだ青きトマトのようにいくつもの言葉ためつつ週末となる
玉ねぎのスライス透けて食卓にちちははの椅子いもうとの椅子

満たされぬ思いほどけていくように朝顔ひらくころに目覚めつ

（『撫子革命』）

『撫子革命』と名付けられたこの歌集は一九八七年刊行。奇しくも俵万智歌集『サラダ記念日』が出版され、一つの社会現象ともなった年である。二十代の女性、五人の歌集は偶然も偶然、『サラダ記念日』と同じくして生まれているのである。小野さんは、その五人のうちの一人。以来、短歌を続けている。今読んでも、当時の作品の瑞々しさは言うまでもない。

今回、歌集を出すことを勧めたのは私である。上野さんは、二〇〇八年八十一歳で亡くなられたが、『みぎわ』は続き、彼女はその有力メンバーである。ある日、大阪のカルチャーセンターにお腹の大きな女性が現れ、よく見ると小野さんだった。転勤族の夫に従い大阪に移り、私の教室に参加してくれたのである。『花豆炊けた』の作品は、そのお腹の中だった子（娘）の成長を追ったものと言える。

子が不意に無口になるとき銀河にて惑星ひとつ砕け散るかも

冒頭の一首である。娘の無口と大宇宙を結びつける。大胆な発想である。

自転車を後ろで支える手のように信じてしまっていいのか地球

ここにも同様の発想が見られる。ごく日常的なものから、うんと大きなものへの展開、これは、この作者の一つの特性といえよう。

出来たての豆腐をスッと掬う手で吾子の心に触れねばならぬ
子の意志の一つとなりて発芽するおでこのニキビの銅《あかがね》の色
水たまりのように脱ぎ捨てられているスカート　主の午睡の深し
身体よりはがれ落ちゆくものなべて透明であるきっと少女は

母である小野さんが、少女（娘）を見ているまなざしがよくわかる作品だ。あまりベトベトせず、だが、突き放しもせず、娘と自分との良好な距離を保っている。

透明のものをはがしながら成長していくのが、娘。そうした客観的な視線が伝わってくる。

沖縄の戦い写すフィルムを子は見て帰る雨にうたれて
沖縄戦平和学習戦争をしらぬ吾へとレジメ渡され
「本当にいやな出来事」子は太くはっきりとした文字で記せり

社会的にも世界を広げ、成長していく子。右にひいた作品は娘さんの心であり、又、作者そのものの思いといえよう。子を育てながら、母も育つのである。

冷えきりし水飲み干せば内臓のひとつがくるりと反転をせり
バックスキンブーツの足の上げ下げは冬を耕すように進みぬ
手に痛き水にて牡蠣をほろほろと洗う静かな祝日であり

作者の日常がうたわれているが、いずれも独自性を持ち、短歌巧者だった上野久雄氏の流れを汲んでいる。一首の目のつけどころが非凡で、いずれも個性の光るものとなっている。

梅咲きて母より電話桜花咲きて父より電話きたれり
父の場所母の場所と居間にあり五十年は変わらずにある

小野さんは物静かで、穏やかな方だ。しばらく甲州に住んだことのある私は、甲州人の落ち着きを知っている。作者のご両親もそうした人柄で、そこで育った彼女も、当然その性格を伝えているのだろう。両親をうたった作からも、それがうかがえる。彼女のうたう両親は常に一対。父は梅、母は桜であっても、その夫婦の絶妙のタイミングと睦まじさが伝わってくる。

冬の夜に乾ききれないタオルありいつでもこんな風な生き方
印伝の黒きとんぼはなめらかで点字のごとき指ざわりなり
ぱらりんと音たつようにほどけゆく白木蓮の春のみちびき

「乾ききれないタオル」、この言葉に作者は自分自身を投影しているように思える。あまり不足のない日々の生活。夫、娘に恵まれ、充足はしているが何かが自分には足りないのでは？　そうした心が生み出しているのが、小野さんの作品ではないだろうか。

思考までが大阪弁になっているあなたと林檎を分け合いている

娘、両親のうたは多く見られるが、夫をうたった作は少ない。右の作は、その中でも珍しく夫をうたっている。四句以降からうかがうと、仲睦まじい二人である。

それもそのはず。二人はびっくりするような偶然で出会い、結ばれ、今に至っている。（登山で見かけ、彼女がいいなと思った男性が、ある日、電車の中で真ん前に座っていた。東京と山梨とに離れているのに……）

長い付き合いだが、彼女から夫についての愚痴をきいたことがない。珍しい（うらやましい）夫婦だと拝見している。

　婚姻の指輪は嵌めず二十年以上の夫と背中合わせに

山を愛する彼に、ずっと付き添っている作者。

方代の歌碑をつつみて騒がしき夏の薄やみ　ささらほうさら

方代（山梨出身の歌人）ではないが、何かあっても、この作者はさっぱりと「ささらほうさら」と流しているのだろう。

父母の黒き電話を呼び出して花豆炊けたと告げたことあり

この歌集のタイトルとなった『花豆炊けた』は、右の一首から生まれた。なかなかの難産で悩み果てたが、ここに定まった。タイトルとしては、やや珍しいものではないかと思う。だが、「花豆」という日常性の高いものを提示しながら、「炊けた」との完結性を巧みに引き出している。

たぶん、実家から送られてきた豆だったのだろう。花豆はかなり大きく、普通の豆より煮るのが難しい。それが出来たとき、つい「花豆炊けた」と父母の元に電話をした作者。これは単なる花豆の報告ではなく、実家から巣立っていった自分の成長を示しているとはいえないだろうか。

もちろん、作者のことだが。

「君が代」の意味しらぬまま「君が代」を子供はうたう「君ってだれさ」
空色のジャージの裾をまくりあげ渡れそうなり雲の置き石
父の病室母の病室二十歩の距離にて異なる匂いするなり

先に私は、この歌集は作者の娘の成長を追ったものと述べたが、右に掲げたように、父母、娘、娘の子、三代を描いた歌集のように思える。

世界観を広げ、独立心を育ちつつ成長する娘。

ごく平凡な日常に基盤を置きながら、慎重に日々を渡りゆく作者。

甲州で老いを感じながら、子供や孫を静かに見守っている両親。

この三代には、今の日本が忘れつつある豊潤な家族、血の絆というものが感じとれる。もちろん、古めかしい意味ではなく、あの「ささらほうさら」

のすっきりした気分である。

上野さん、何とか妹分の私が、小野さんの歌集刊行に立ち合うことができました。至らぬことばかりですが、そこは、「ささらほうさら」とご寛恕下さいますよう。

小野さんの歌集が、多くの方にお読みいただけますように。

二〇一八年二月十二日記

水仙の匂う朝に　　道浦母都子

※「ささらほうさら」は甲州弁で、かつては「ひっちゃかめっちゃか」「どうにもこうにもならない」の意味でしたが、ここでは言葉のひびきに頼り、少し異なる意味合い（何とかなるさ）で使っています。

あとがき

思いがけない上野久雄先生との出会いがわたしの短歌人生の始まりでした。「とにかく作ってごらん」という、言葉に、それらしきものを十首作って持っていったことが、こんなに長い短歌との付き合いになるとは思いもしませんでした。

短歌を作りはじめて二年あまりで『撫子革命』という合同歌集をだせたことは、ひとつの転機ではあったのですが、まだ、確たる思い入れがあったわけではありませんでした。

格別な思い入れがあった訳ではなかったので、いつでもやめることができるはずでした。しかし、いつの間にか短歌は私の生活のなかにしっかり根付いてしまっていました。

結婚して山梨を離れた時も、子供が生まれて手が離せなくなっていたときも、短歌をやめるという選択肢はすでに私のなかにありませんでした。子供を連れて歌会に参加したり、転勤による転居をしながらその先々の歌会に参加をしたりして、短歌とのつながりを結んできたのです。

それから、三十年あまり、細くゆっくりとした短歌人生を送っていたはずが、こうして歌集を出すことになるとは、自分でも驚いています。

それでも、こうして送りだしたからには、いろんな方に読んで頂けたらいいなと思います。

ほぼ、日常のふっとした思いを歌った短歌達です。子供の成長に合わせて編年体で編集した、三九五首です。時期は全部を入れ込むにはあまりに多すぎましたので、最近十五年ぐらいでまとめました。

今回歌集を出すにあたっては、なにより道浦母都子先生にお世話になりました。なかなか、歌集をまとめることの決心がつかない私に、何度も「出して御覧」と、言い続けて下さいました。最後の最後に背中を押してくださり、跋文も書いていただきました。何よりお礼を申し上げます。

こんなに長く短歌を続けてこれたのは「みぎわ」の仲間、特に「二十歳のうた会」の仲間たちが居たからです。「未来」の歌友のみなさまにも、いろいろご指導いただきました。お礼申し上げます。これからも、よき友としてそしてお互いの批評家として歌会等で切磋琢磨していきたいです。

また、今回の歌集出版にあたっては、砂子屋書房の田村雅之さま大変お世話になりました。装丁はこの方と決めていた倉本修さまにしていただきうれしいかぎりです。

それから、多くの題材を提供してくれている、父と母、そして娘にありがとうと言いたいです。これからもよろしくね。

そして最後のお礼は妻の短歌を全く読まないのに、いつでも協力してくれている夫に言いたいとおもいます。ありがとう。

二〇一八年二月　梅ほころぶ日に

小野美紀

著者略歴

小野美紀（おの　みき）

山梨県甲府市生まれ

一九八五年　「みぎわ」入会

一九八五年　合同歌集『撫子革命』に参加

二〇〇四年　「未来」入会

歌集　花豆炊けた

二〇一八年五月二五日初版発行

著　者　小野美紀

発行者　田村雅之

発行所　砂子屋書房

東京都千代田区内神田三―四―七（〒一〇一―〇〇四七）

電話　〇三―三二五六―四七〇八　振替　〇〇一三〇―二―九七六三一

URL　http://www.sunagoya.com

組　版　はあどわあく

印　刷　長野印刷商工株式会社

製　本　渋谷文泉閣